THE POSSUM THAT DIDN'T

Text and Illustrations by Frank Tashlin

Published by arrangement with Dover Publications,Inc.
through Japan UNI Agency.

オポッサムは
ないてません

フランク・タシュリン／文・絵
小宮 由／訳

大日本図書

むかし、といっても、そんなにむかしのことではないのですが、町《まち》からそれほど遠《とお》くない森《もり》に、一《いっ》ぴきのオポッサムが住《す》んでいました。

いつもにこにこわらっている、ごきげんなオポッサムでした。

朝《あさ》、空《そら》にかがやくお日《ひ》さまに、にこにこ。

夜《よる》、
池《いけ》にかがやく
お月《つき》さまにも、
にこにこ。

なにもかがやかない、
雨《あめ》の日《ひ》にも、にこにこ。

高《たか》い木《き》にのぼっているときにも、
にこにこ。

そして、
一本《いっぽん》のえだにたどりつくと、
長《なが》いしっぽをくるくると
しっかりまきつけて……

ぷらんと、さかさまになりました。オポッサムなら、だれでもこうするんですよ。

そして、オポッサムは、そのままなん日《にち》かすごしました。ずっと、にこにこ、にこにこしながら。

オポッサムは、この森《もり》で、一番《いちばん》ごきげんで、一番《いちばん》しあわせな動物《どうぶつ》でした。

そんなある日《ひ》、
四人《よにん》の人間《にんげん》が
やってきました。
近《ちか》くでピクニックをして、
町《まち》へ帰《かえ》るとちゅう
だったのです。

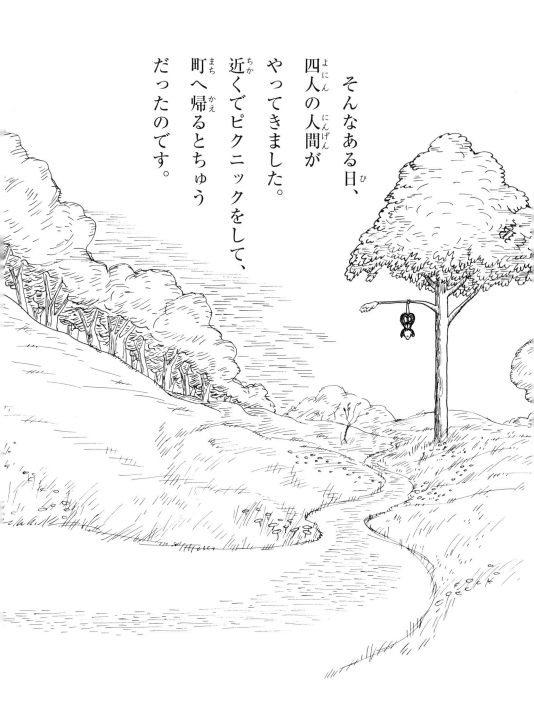

「あら、あれを見《み》て。」と、ひとりの女《おんな》の人《ひと》がいいました。「ほら、あそこにオポッサムがぶらさがってる。なんだかかなしそう。」

するど、オポッサムはこたえました。

「いいえ。かなしくなんかありません。はんたいに、とてもしあわせなんです。だからこうして、にこにこしてるんですよ。」

「なにいってるんだ？　ぜんぜんにこにこなんかしてないじゃないか。」ひとりの男《おとこ》の人《ひと》が、オポッサムの顔《かお》を指《ゆび》さしながらいいました。「見《み》ろ、おまえの口《くち》は、ちっともにこにこなんかしていない。」

「いえいいえ。ぼくは、にこにこです。」と、オポッサムはこたえました。

人間《にんげん》たちは、木《き》からはなれ、こそこそと話《はな》し合《あ》いました。

「あいつは、にこにこなんかしちゃいない。」と、男《おとこ》の人《ひと》がいいました。「だってふつう、にこにことしたら、口《くち》のりょうはしが、キュッて、上《あ》がってるものだろ？　でも、あいつの口《くち》は、フニャって、下《さ》がってる。」

すると、もうひとりの男《おとこ》の人《ひと》がいいました。

「あいつはきっと、自分《じぶん》がにこにこしていると思《おも》ってる、めそめそオポッサムなんだ！」

「そんなのかわいそう。」と、女《おんな》の人《ひと》がいいました。

「ほんとはなにか、かなしんでる
のね。ねえ、あの子《こ》を町《まち》へつれて
行《い》ってあげましょうよ。そしたら
きっと、楽《たの》しくなって、にこにこ
になるんじゃないかしら？」

「そこのオポッサムくん。」と、男《おとこ》の人《ひと》がいいました。「われわれは、きみにとって、いいことを思《おも》いついたよ。」

「ご親切《しんせつ》にどうも。」と、オポッサムはこたえました。

「では、木《き》からおりてきたまえ。きみを町《まち》へつれて行《い》って、にこにこの、しあわせものにしてやろう。」

「いえいえ、けっこうです。どうかおかまいなく。」と、オポッサムはいいました。「ぼくは、ここでじゅうぶんしあわせですから。だからこうしてにこにこしてるんです。みなさん、ほんと、まちがってますよ。」

「なに⁉　われわれがまちがってるだと？」男《おとこ》の人《ひと》は、急《きゅう》におこり出《だ》しました。「いいか、おまえは、にこにこなんかしていない！　にこにこしていると思《おも》ってる、めそめそオポッサムだ！」

「いいえ。ぼくは、にこにこしてますよ。」と、オポッサムはいいました。

四人《よにん》は、町《まち》へもどり、たくさんの人間《にんげん》をつれてきました。

人間《にんげん》たちは、オポッサムがぶらさがっている、高《たか》い木《き》をほりかえして……

木《き》といっしょに、町《まち》へつれて行《い》ってしまいました。

町《まち》につくと、
四人《よにん》は、
オポッサムを
えいがかんへ
つれて
行《い》きました。

レストラン イート
飲もうよ
純水
70
高利貸し
引越しトラック
メイン
1865
郵便
高速エクスプレス
ポスト
立入禁止
ジョーで食べよう
ジョーで食べるな

「おい。いまから、おまえにえいがを見《み》せてやる。」と、男《おとこ》の人《ひと》がいいました。「えいがを見《み》れば、だれだってにこにこになるのだ。だからきっと、おまえもにこにこになるぞ。」

「でも、ぼくはもう、にこにこしてますよ。」と、オポッサムはこたえました。

すると、四人《よにん》は、口《くち》をそろえてさけびました。

「いいや、にこにこなんかしていない！　にこにこしていると思《おも》ってる、めそめそオポッサムだ！」

爆笑コメディー

そして、四人《よにん》は、オポッサムにえいがを見《み》せました。

えいがおわると、四人《よにん》は、オポッサムを見上《みあ》げました。

「なんだ。あいつは、まだにこにこしていない。」と、四人《よにん》はいいました。

「いいえ、にこにこしてますよ。」と、オポッサムはこたえました。

「とてもいいえいがで、楽《たの》しかったです。」

「いいや、にこにこなんかしていない！　にこにこしていると思《おも》ってる、めそめそオポッサムだ！」四人《よにん》は、口《くち》をそろえてそうさけぶと、男《おとこ》の人《ひと》が、つづけていいました。

「よし、ならば、ディナーショーへつれて行《い》ってやろう。ディナーショーに行《い》けば、だれだってにこにこになるのだ。だからきっと、おまえもにこにこになるぞ。」

出入口
出入口

そして、四人《よにん》は、オポッサムをディナーショーへつれて行《い》きました。

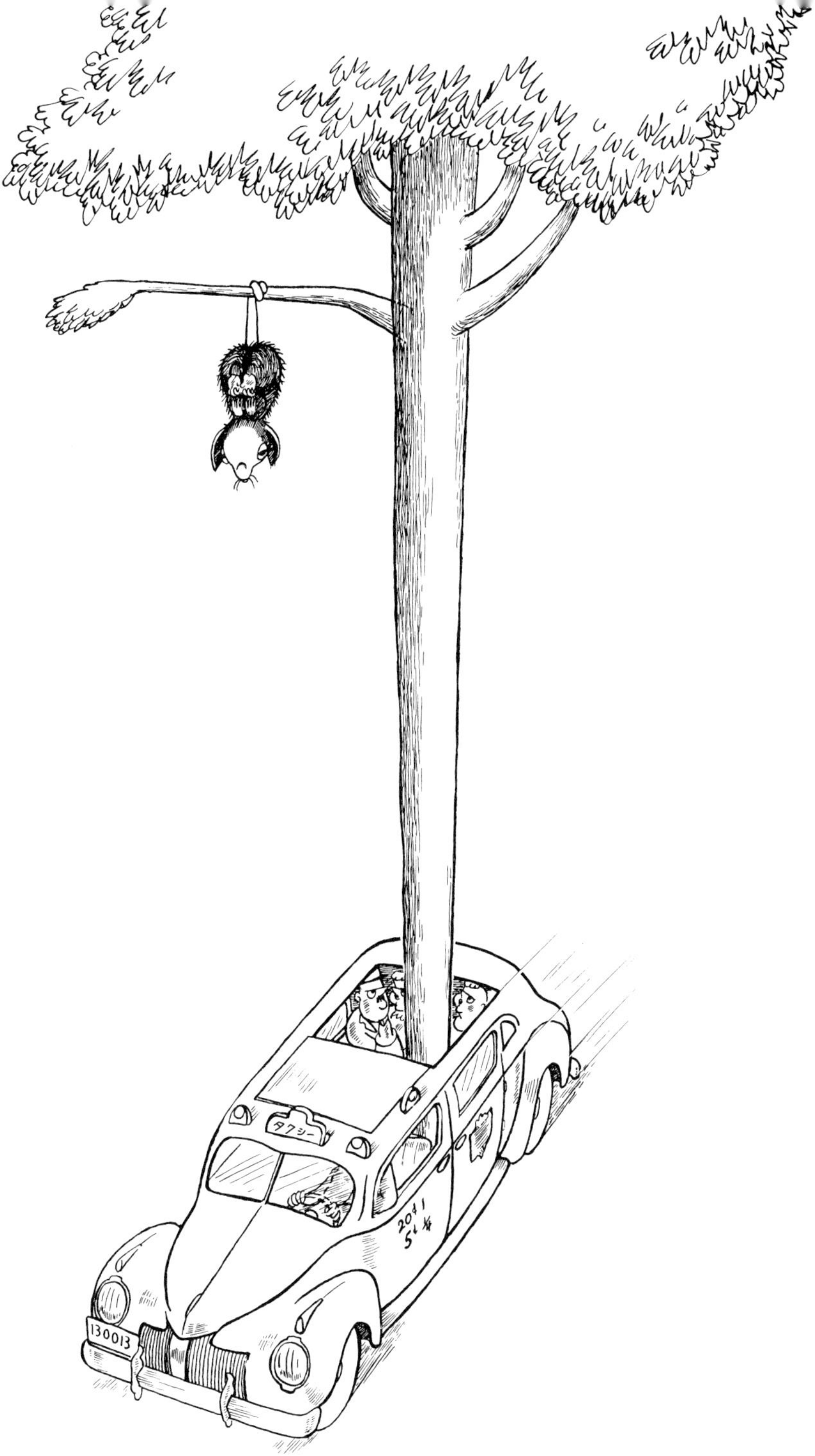
タクシー
130013

受付
予約席

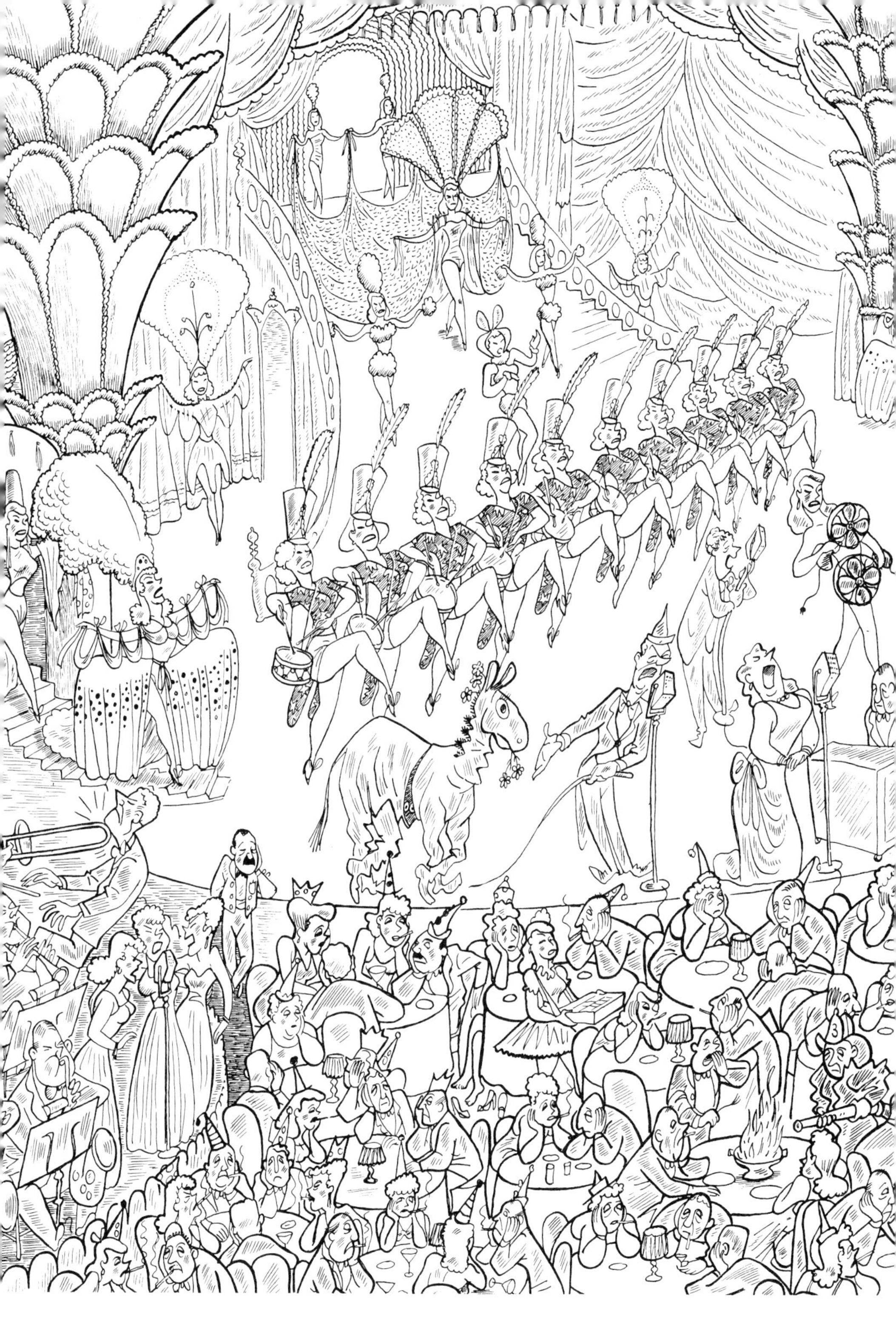

ディナーショーがおわると、四人《よにん》は、オポッサムを見上《みあ》げました。

「なんだ。あいつは、まだにこにこしていない。」と、四人《よにん》はいいました。

みんなはもう、かんかんになって、木《き》のまわりを歩《ある》きながら、こぶしをふり上《あ》げて、さけびました。

「このめそめそ、めそめそオポッサム！　ここまできたら、どんなに時間《じかん》がかかろうと、おまえをかならずにこにこにしてやる！」

オポッサムは、なにもいわず、ただぶら下《さ》がっていました。

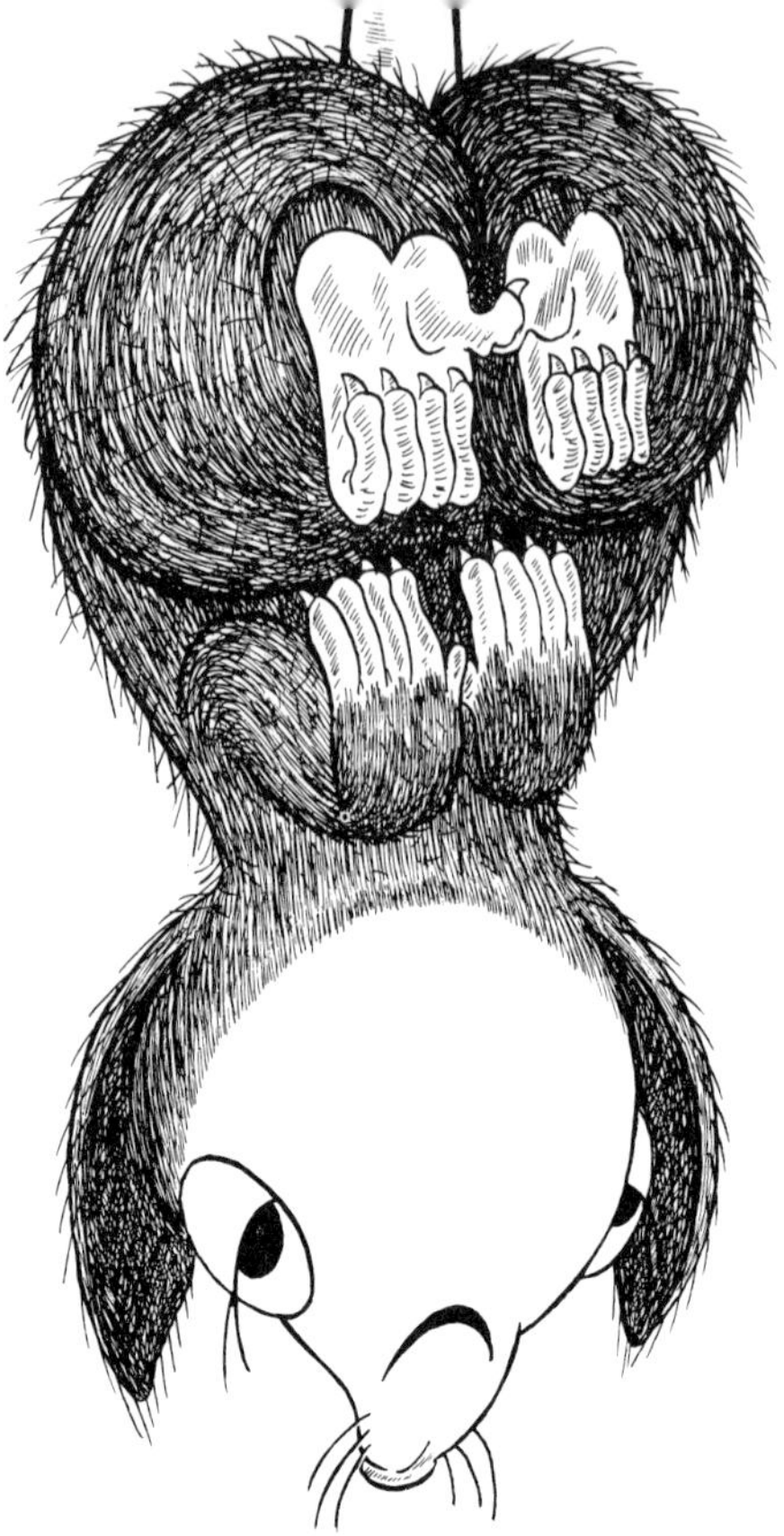

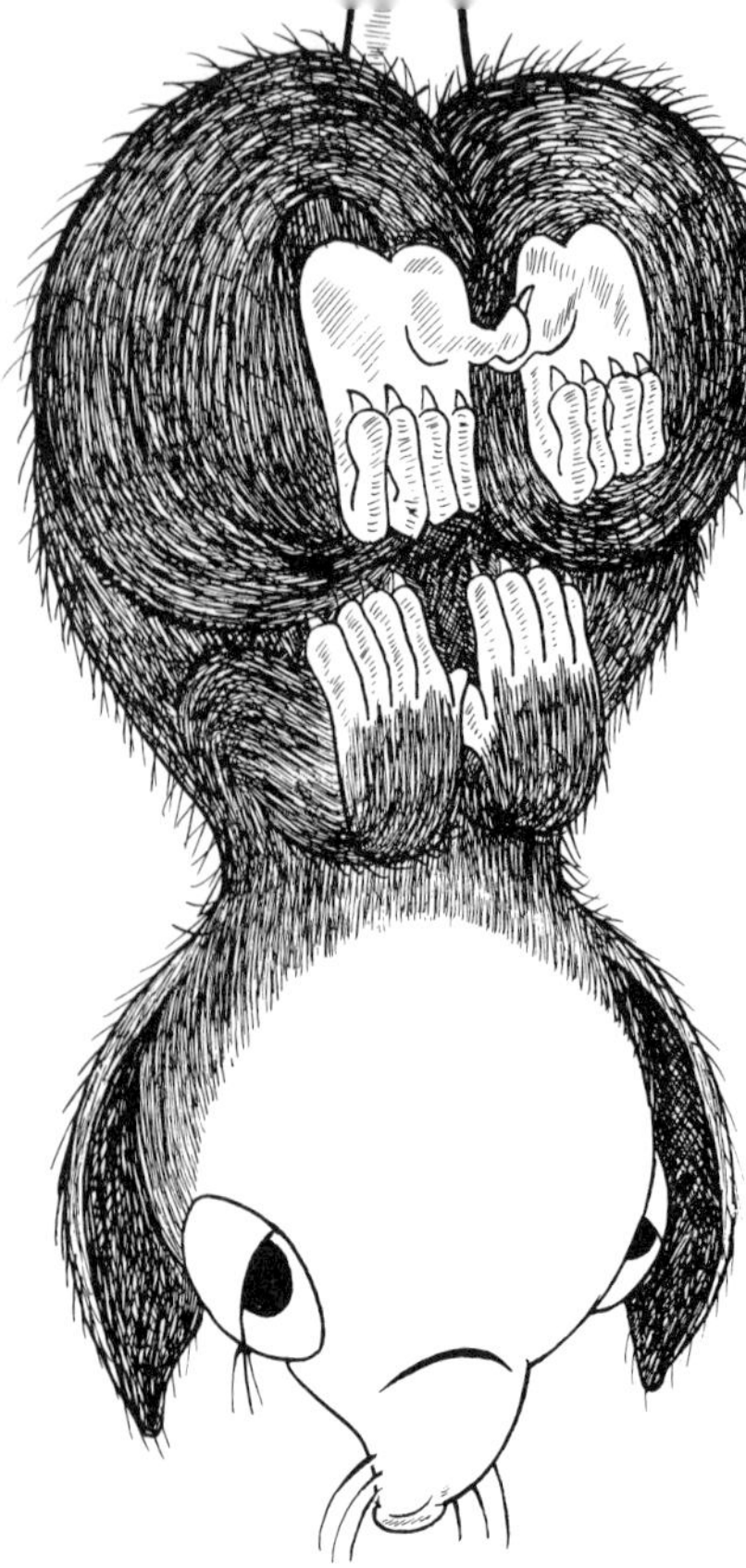

オポッサムは、下《した》を見《み》ながら、四人《よにん》のことをかんがえました。そして、そこから見《み》える、町《まち》の人《ひと》たちのこともかんがえました。

かんがえれば、かんがえるほど、だんだん、かなしくなってきて……

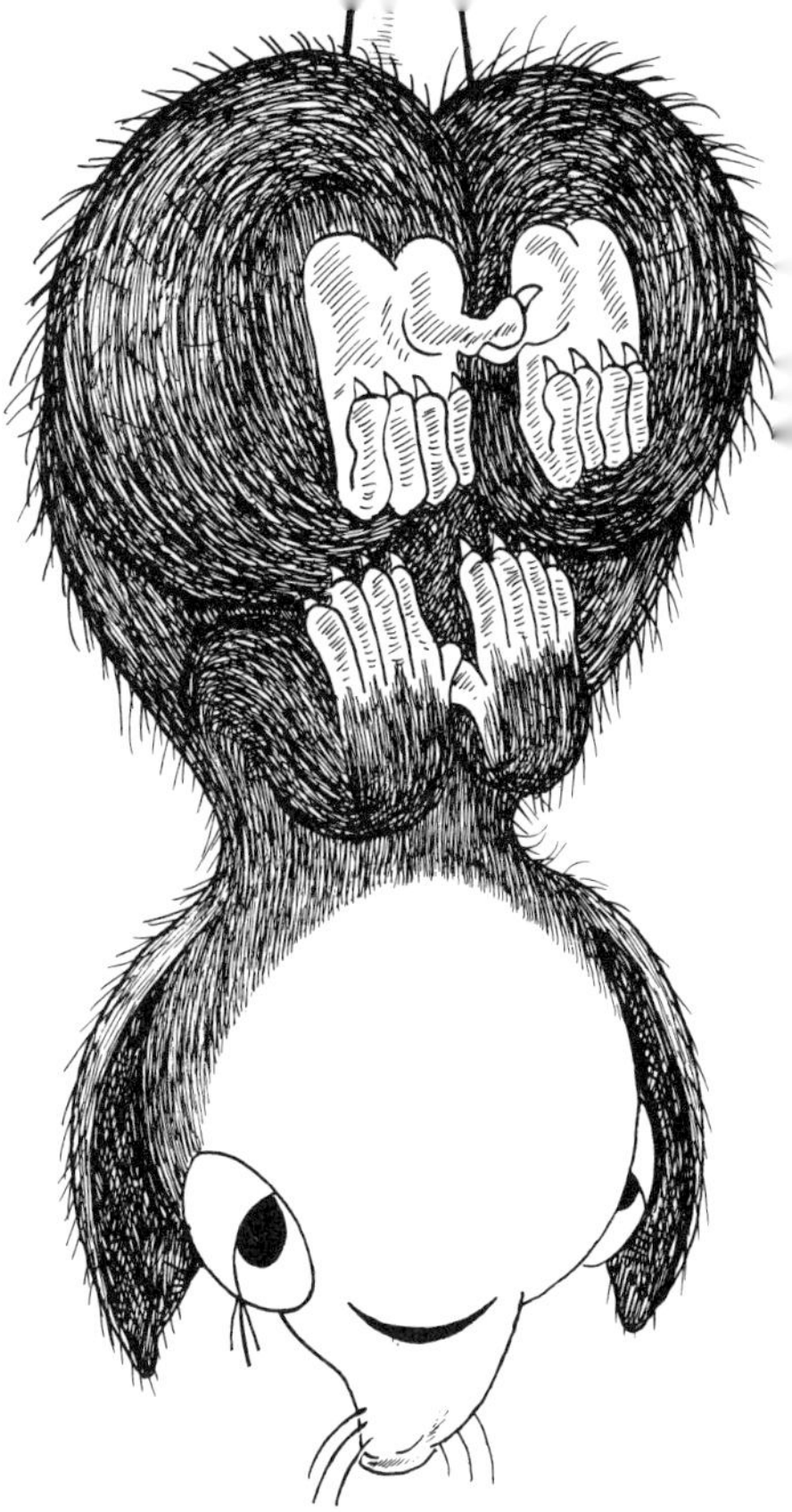

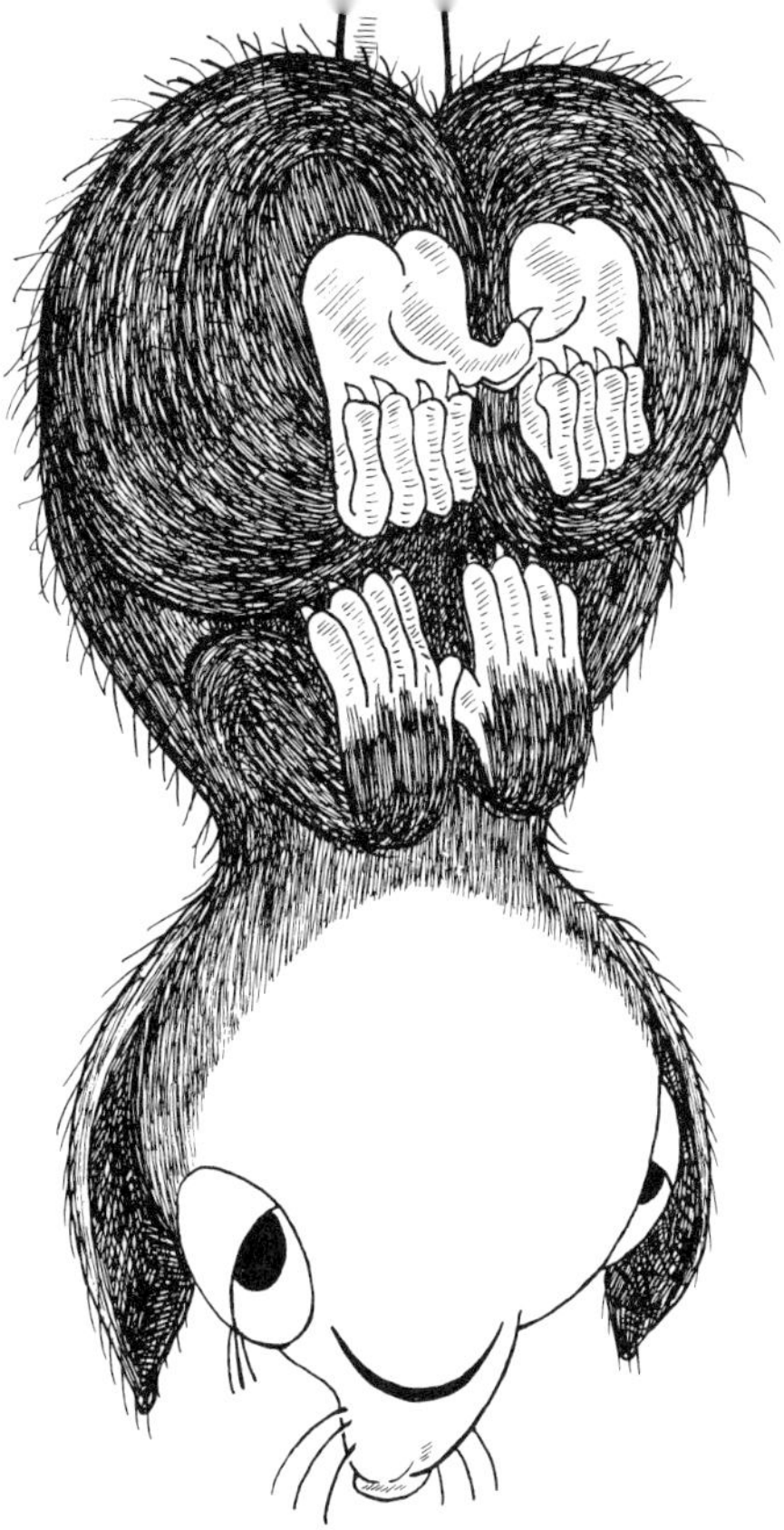

どんどん、かなしくなってきて……

とうとう、とてもかなしくなりました。

すると、それを見《み》た四人《よにん》は、オポッサムの口《くち》もとを指《ゆび》さしてさけびました。

「見《み》ろ！　オポッサムがにこにこしている！　われわれが、オポッサムをにこにこにしたのだ！」

見ろ！

見ろ！

見ろ！

見ろ！

すると、あちこちから、大《おお》ぜいの人《ひと》がおしかけてきて、オポッサムをにこにこにこにした四人《よにん》のために、ぼうしをなげて「ばんざーい！」と、いいました。

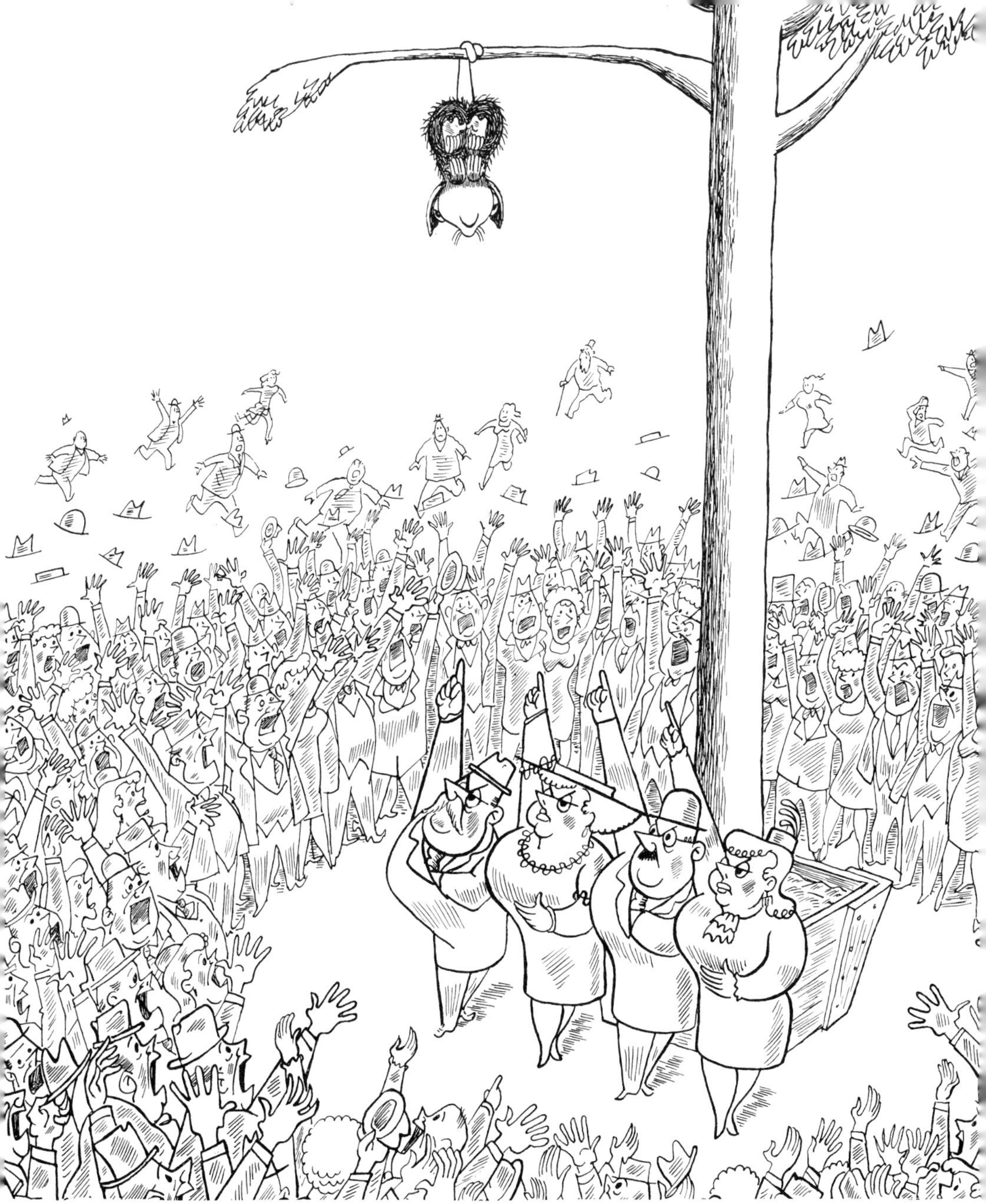

つぎの日《ひ》、すべての
新聞《しんぶん》に「オポッサムを
にこにこにした四人《よにん》」
という記事《きじ》が、写真《しゃしん》
つきでのりました。

それから四人《よにん》は、
テレビやラジオに出演《しゅつえん》して、
どうやってオポッサムを
にこにこにしたかを
話《はな》しました。

NEWSREEL

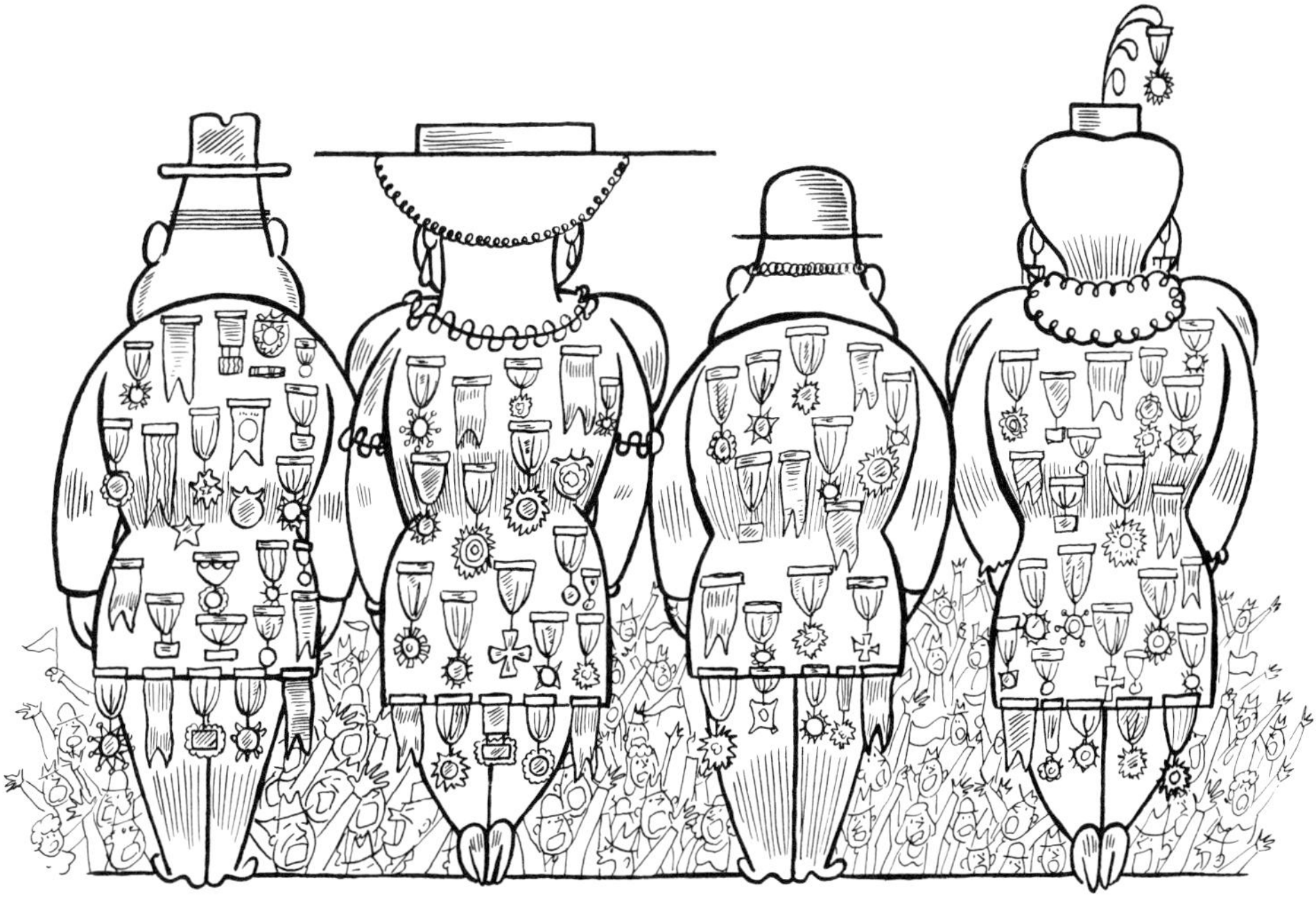

そして、そのごほうびとして、
市長《しちょう》と州知事《しゅうちじ》から、たくさんの
メダルをもらいました。
ほら、せなかにもこんなに。

そして、四人《よにん》は、有名人《ゆうめいじん》になりました。

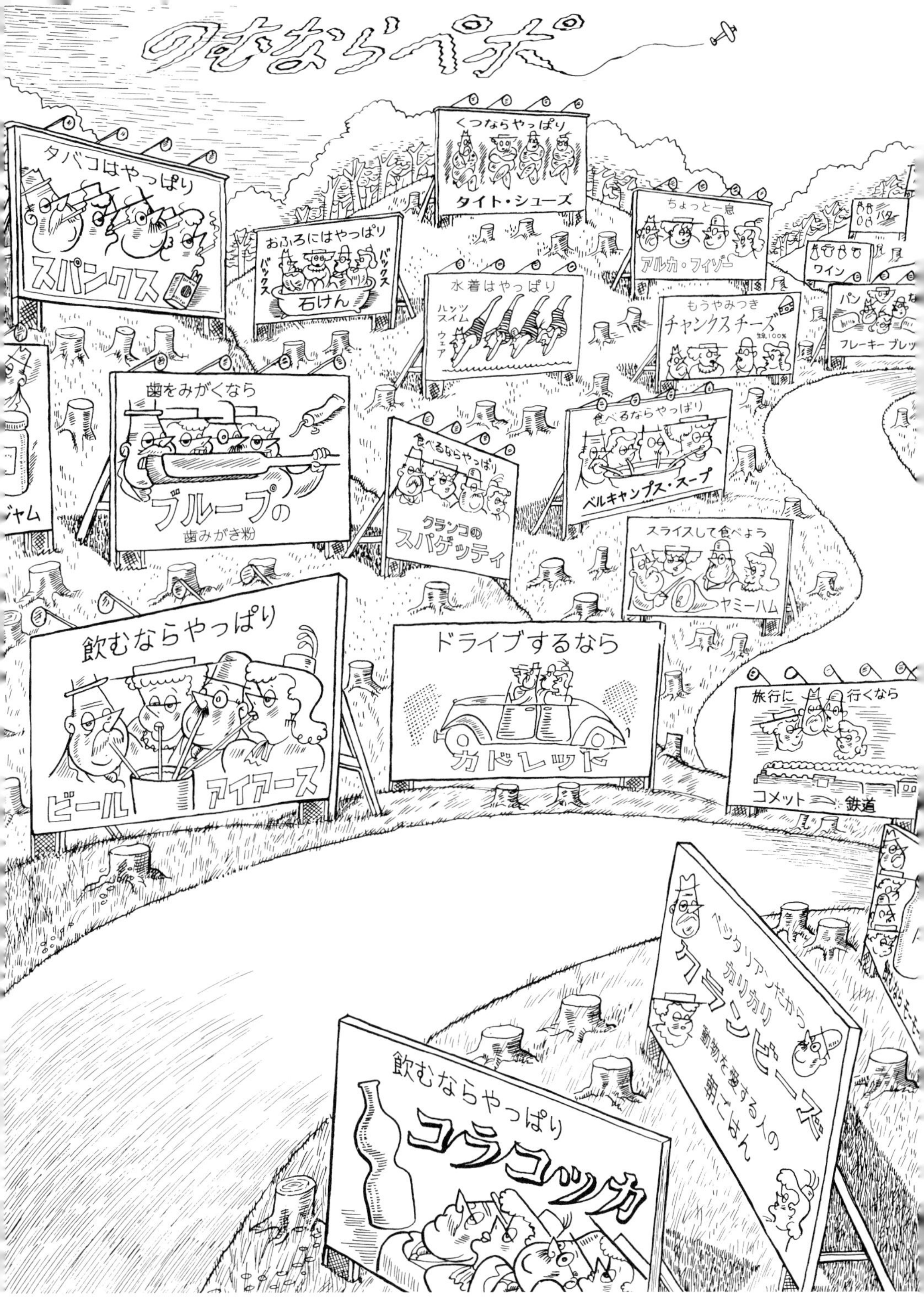
のむならペプ
タバコはやっぱり
スパンクス
くつならやっぱり
タイト・シューズ
おふろにはやっぱり
バックス
バックス
石けん
ちょっと一息
アルカ・フィゾー
バター
ワイン
水着はやっぱり
ハンツ
スイム
ウェア
もうやみつき
チャンクスチーズ
生乳100%
パン
フレーキー・ブレッ
歯をみがくなら
ブループの
歯みがき粉
食べるならやっぱり
クランコの
スパゲッティ
食べるならやっぱり
ベルキャンプス・スープ
スライスして食べよう
ヤミーハム
ジャム
飲むならやっぱり
ビール
アイアース
ドライブするなら
カドレック
旅行に 行くなら
コメット
鉄道
ベジタリアンだから
カリカリ
クランビーズ
動物を愛する人の
朝ごはん
飲むならやっぱり
コラコッカ

いっぽう、オポッサムは、
それっきりぽつんと、
町《まち》の中《なか》に
とりのこされて
いました。

やがてオポッサムは、高《たか》い木《き》から、
のろのろとおりると、森《もり》にむかって、
とぼとぼと歩《ある》き出《だ》しました。

ちょうど大《おお》きな通《とお》りをわたろうとしたとき、遠《とお》くから、はなやかな音楽《おんがく》が聞《き》こえてきました。

それは、オポッサムをにこにこにした四人《よにん》をおいわいするパレードでした。

ナッツ

パレードに、のみこまれた
オポッサムは、もうすこしで
馬《うま》にふまれそうになったり、

楽団《がくだん》の人《ひと》たちに、けとばされ
そうになったり……

大《おお》きな車《くるま》にひかれそうになったりしました。

オポッサムは、かんいっぱつ、長《なが》いしっぽを引《ひ》っぱって、タイヤの下《した》からにげ出《だ》しました。

A-1

その夜《よる》、雨《あめ》がふってきました。

オポッサムは、ごみバケツに身《み》をよせて、雨《あめ》をしのぎました。

オポッサムは、町《まち》の人《ひと》たちのことをかんがえると、やっぱりまたかなしくなりました。そして、ひとばんじゅう、ひとりしずかに、なみだをこぼしました。

朝《あさ》になると、オポッサムは、なみだで目《め》をはらしたまま、また森《もり》を目指《めざ》しました。

なん日《にち》もなん日《にち》も歩《ある》きつづけました。そして、とうとう森《もり》があらわれ、高《たか》い木々《きぎ》が見《み》えてきました。

やっと家《いえ》にたどりついたのです。

でも、オポッサムは、まだかなしいままでした。
またにこにこになる気《き》になんて、とてもなれなかったのです。

ところが、しばらくたった
ある日《ひ》、オポッサムの
顔《かお》が、ほら！

朝《あさ》、空《そら》にかがやくお日《ひ》さまに、にこにこ。

夜《よる》、池《いけ》に
かがやく
お月《つき》さまにも、
にこにこ。

なにもかがやかない、
雨《あめ》の日《ひ》にも、にこにこ。

そうです。オポッサムに、にこにこがもどってきたのです！　そして、もう、ずっとずっと、にこにこのままでした。

これまであったことなんて、ゆめだったにちがいありません。あれはきっと、わるいゆめです。だって、ほら、あの人間《にんげん》たちは、もうどこにもいませんもの。

ね？　あれはきっと、ゆめだったのです。

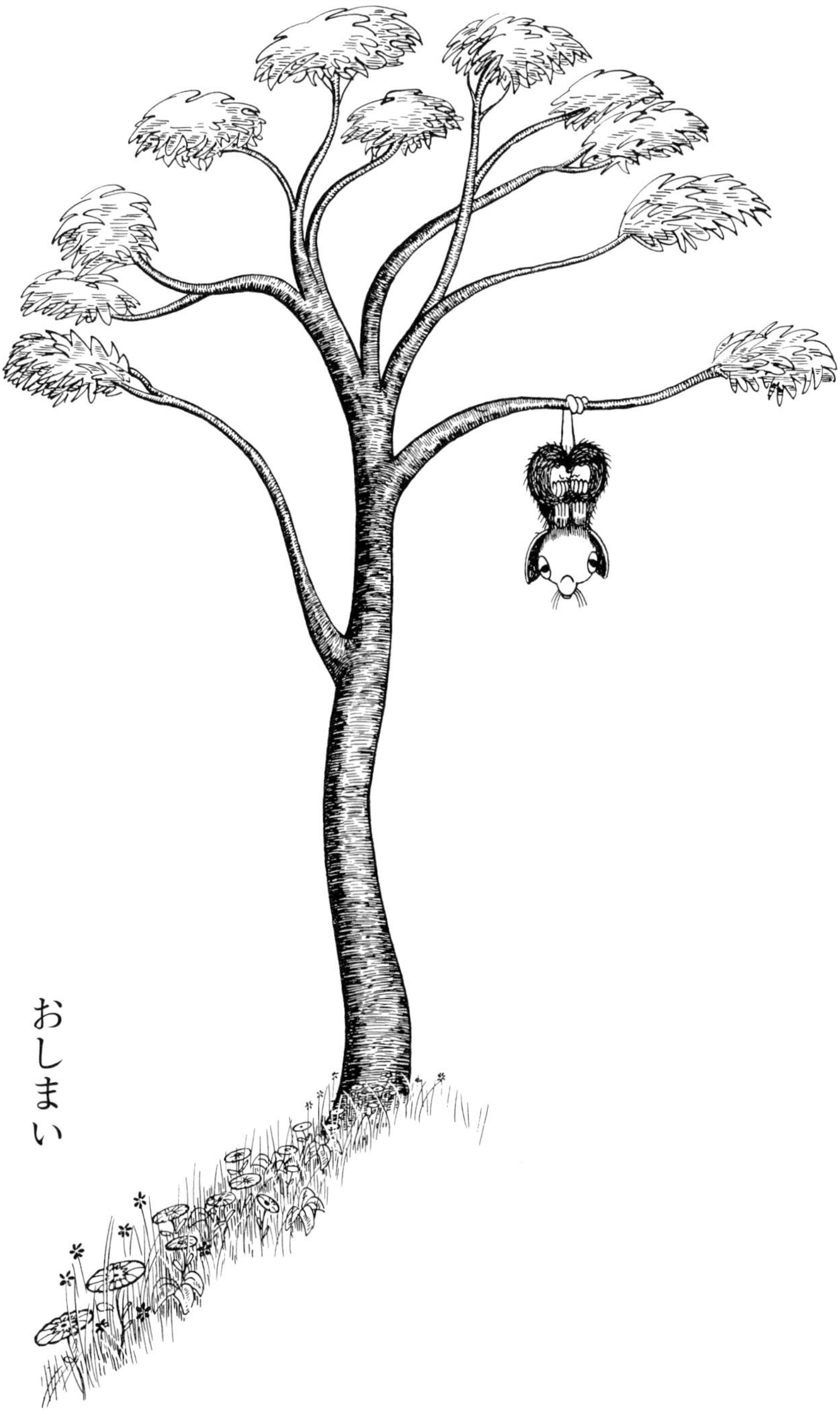

おしまい

訳者あとがき

この本を読むと、おもしろさの中にモヤっとしたものが、心に残《のこ》ります。その正体は何《なに》かと考えると、それは「幸《しあわ》せとは何か？」という作者《さくしゃ》からの問《と》いかけなのでは、という気がします。では、読者《どくしゃ》である子どもたちにとっての幸せとは何か？ それは「日々《ひび》を活《い》き活《い》きと過《す》ごし、自分らしくふるまえること」だと、私《わたし》は思っています。子ども時代《じだい》の幸せとは、目に見えぬ概念《がいねん》であり、各自《かくじ》の胸《むね》の内《うち》にあるのです。ところが、おとなになると、それは、さまざまなものに形を変《か》え、一様《いちよう》にこれだと断言《だんげん》できなくなります。ですが、大きく二つに分けられるのではないでしょうか。一つは、その幸せが、子どものころと変わらず、自分の胸の内にある人と、もう一つは、子どものころと変わって、自分の胸の外にある人です。

　胸の内にある人の幸せとは、目に見えぬ概念的《てき》なもので、この作品《さくひん》でいうと、オポッサムのような幸せです。オポッサムの幸せは、自然《しぜん》の中で静《しず》かに平和《へいわ》に暮《く》らすこと、でした。一方《いっぽう》、胸の外にある人の幸せとは、目に見える物質的《ぶっしつてき》なもので、四人の人間《にんげん》たちのような幸せです。四人の人間たちは、映画《えいが》を観《み》たり、ディナーショーへ行ったりすることが幸せでした。

　幸せの形はどうあれ、自身《じしん》の幸せを胸の内に置《お》くか、外に置くかでは、生き方が大きく異《こと》なってきます。オポッサムの幸せは、胸の内にありますから、だれかに奪《うば》われることがありません。仮《かり》に奪われたとしても、オポッサムがそうであったように、また自《みずか》らの力で生み出すことができます。一方、四人の人間たちの幸せは、胸の外にあるものですから、いつ、だれに奪われるかわかりません。そして、だれかに奪われそうになったり、否定《ひてい》されそうになったりすると、それを守《まも》り、正当化《せいとうか》しようと、怒鳴《どな》り声《ごえ》を上げ、他者《たしゃ》を攻撃《こうげき》しなくてはならないのです。

この本を読んだ子どもたちが、おとなになったとき、もし、自身の幸せを胸の外に置いていたら、この本を読み返《かえ》してほしい。そして、この本をきっかけに、胸の内にそっとしまいなおしてほしい、心からそう願《ねが》います。

この本の作者、フランク・タシュリンは、一九一三年、アメリカのニュージャージー州《しゅう》に生まれました。子どものころから漫画《まんが》を描《か》くのが好《す》きで、十七歳《さい》でフライシャー・スタジオ（後に『ポパイ』などを制作《せいさく》）で働《はたら》きはじめ、その後『トムとジェリー』を制作していた、ヴァン・ビューレン・スタジオに移《うつ》り、ロサンゼルスへ渡《わた》ると、ワーナー・ブラザーズに入社。『ダフィー・ダック』などのルーニー・テューンズ作品を手がけ、一九三九年には、ウォルト・ディズニー・スタジオへ籍《せき》を移し『ミッキーマウス』などの脚本部門《きゃくほんぶもん》のプロデューサーを務《つと》めました。

第二次世界大戦後《だいにじせかいたいせんご》は、映画製作会社のパラマウントで実写《じっしゃ》映画の脚本を書くようになり、一九四八年、脚本を担当《たんとう》したコメディ映画『腰抜《こしぬ》け二挺拳銃《にちょうけんじゅう》』が、有名《ゆうめい》な脚本賞《しょう》を受賞《じゅしょう》し、その後、映画監督《かんとく》デビューを果《は》たしました。子ども向《む》けの著作《ちょさく》は、『ぼくはくまですよ』（大日本図書）と、本作《ほんさく》のみで、一九七二年、五十九歳の若《わか》さで亡《な》くなりました。

二〇一八年十月

小宮《こみや》　由《ゆう》

フランク・タシュリン（1913-1972）

アメリカ、ニュージャージー州生まれ。映画監督やアニメーターとしても活躍。1933年ロサンゼルスへ渡ると、ワーナーブラザーズに入社。初期のルーニー・テューンズ作品を手がけ、1939年にはウォルト・ディズニー・スタジオへ籍を移し、ミッキーマウスなどの脚本部門のプロデューサーを務めた。実写映画の作品で全米脚本家組合賞最優秀喜劇脚本賞を受賞。『ぼくはくまですよ』『オポッサムはないてません』は、ともにアニメ化されている。

小宮《こみや》 由《ゆう》（1974- ）

東京生まれ。大学卒業後、出版社勤務、留学を経て、子どもの本の翻訳に携わる。東京・阿佐ヶ谷で家庭文庫「このあの文庫」を主宰。祖父はトルストイ文学の翻訳家、北御門二郎。主な訳書に、「こころのほんばこ」シリーズ、「こころのかいだん」シリーズ、「ぼくはめいたんてい」シリーズ（大日本図書）、『さかさ町』、「テディ・ロビンソン」シリーズ（岩波書店）など、他多数。

こころのかいだん

楽しい本を読むと、その読書体験が、あなたの「こころのかいだん」になります。一冊読めば一段、二冊読めば二段と、心の中にある階段が大きくなって、あなたを成長させるのです。どうして？　だって、階段のてっぺんまでのぼったら、遠くの景色が見えるでしょう？　それは、自分の外側の世界、つまり広い世の中を知ることができるのです。では、階段の底まで降りていったら？　それは、自分の内側の世界、つまりあなた自身を深く見つめられるのです。どちらも大事なことですが、てっぺんまでのぼるならより高く、底まで降りるならより深いところまで階段があった方がいいですよね？　このシリーズが、そんなみなさんの「こころのかいだん」になれたらと願っています。——— 小宮由（訳者）

こころのかいだんシリーズ

オポッサムはないてません

2018年12月25日　第1刷発行
2023年 6 月30日　第2刷発行

文・絵　フランク・タシュリン
訳者　小宮 由
発行者　中村 潤
発行所　大日本図書株式会社
〒112-0012　東京都文京区大塚3-11-6
URL　https://www.dainippon-tosho.co.jp
電話：03-5940-8678（編集）
03-5940-8679（販売）
048-421-7812（受注センター）
振替：00190-2-219
デザイン　大竹美由紀
印刷　株式会社精興社
製本　株式会社若林製本工場

ISBN978-4-477-03161-3　76P　21.0cm × 14.8cm
NDC933